청어詩人選 124

山岷雨 정진권 시집

두 할머니의 싸움

청어

두 할머니의 싸움

정진권 지음

발행처 · 도서출판 **청어**
발행인 · 이영철
영   업 · 이동호
홍   보 · 최윤영
기   획 · 천성래 | 김홍순 | 이용희
편   집 · 방세화 | 이서윤
디자인 · 김바라 | 서경아
제작부장 · 공병한
인   쇄 · 두리터

등   록 · 1999년 5월 3일(제22-1541호)

1판 1쇄 인쇄 · 2014년 4월 1일
1판 1쇄 발행 · 2014년 4월 10일

주소 · 서울 서초구 효령로55길 45-8
대표전화 · 586-0477
팩시밀리 · 586-0478

홈페이지 · www.chungeobook.com
E-mail · ppi20@hanmail.net
ISBN · 979-11-85482-26-2(03810)

이 도서의 국립중앙도서관 출판시도서목록(CIP)은 서지정보유통지원시스템 홈페이지
(http://seoji.nl.go.kr)와 국가자료공동목록시스템(http://www.nl.go.kr/kolisnet)에서
이용하실 수 있습니다.(CIP제어번호: CIP2014009580)

두 할머니의
싸움

시인의 말

이번의 시집 『두 할머니의 싸움』이 내게 있어
두 번째 시집이 된다.
이 시집이 지닌 내용은 대개 그리움의 샘물에서
길어 올린 내 삶의 잔해들이라 할 수 있다.
고향을 두고 인연의 끈을 잡아 그 속에 얽힌 속성들을
다스리는 가운데 내 시가 살아 숨 쉬고 있다고 할 수 있다.
또한, 삶을 가꾸어 가는 데 있어 세상의 이야기를
미문(美文)의 수채화처럼 풀어 그려 보았다.
나의 작은 시가 상처 입은 영혼들을 어루만지고
따뜻한 위무(慰撫)가 되길 바란다.
우리네들의 삶에서 만나지 못해서 흘린 눈물도
인연으로 겪게 되는 서로의 아픔도
한 편의 시로 모든 것을 녹여 내길 빈다.

부끄러운 영혼의 흔적으로 남는 나의 시집이 진정으로
같은 하늘 아래 사는 맑은 가슴들과 나누고 싶은 것이다.
부치지 못한 편지를 용기 내어 빠알간 우체통에 넣는 심정
으로 조심스럽게 『두 할머니의 싸움』을 두드려 본다.
늦은 저녁 내리는 비를 바라보며 텅 빈 사무실에서…….

2014 봄날에
산민우 정진권

차례

시인의 말 · 4

1 제주도의 밤

꽃 지는 오후 · 10 | 해남의 소녀들 · 11 | 구정 전야 · 12
봄 같은 사랑을 하라 · 14 | 어머니 · 15 | 임록천 약수터 · 16
제주도의 밤 · 17 | 이상화 · 18 | 국민이라는 단어 · 20
김연아 · 22 | 삼양원 · 24 | 무당 · 26
전철 안에서의 나의 원칙 · 28 | 바닷가에서 · 30
봄 · 31 | 출생신고 · 32 | 내 삶으로 젖은 노래 · 33
개망초꽃 · 36 | 색소폰 여인 · 37
비의 색이 빗물 색으로 내리는 까닭 · 38

2 두 할머니의 싸움

밥값 내기 · 40 | 김양수 · 41 | 점례의 질문 · 42
시 쓰기 · 43 | 꽃 지는 인생 · 44 | 두 여인의 대화 · 45
착각 · 46 | 천리포 수목원 · 48 | 겨울과 봄 사이 · 50
상혼 · 51 | 바보들의 숫자개념 · 52 | 여름 소나기 · 53
큰아이 군대 보내고 · 54 | 두 할머니의 싸움 · 57
두 가지의 걸린 삶을 두고 · 58 | 내가 바라는 여름날 아침 · 59
훌륭한 삼성 가족 · 60 | 상여 나가는 날 · 62
아버지 · 64 | 헤어지는 연인들에게 · 66

3 사과나무 아래 여름을 보내며

가을편지 • 70 ┃ 가을 • 72 ┃ 연고 • 74 ┃ 손칼국수 • 75
직업소개소 • 76 ┃ 친구 • 78 ┃ 사과나무 아래 여름을 보내며 • 80
아들에게 • 81 ┃ 밀가루 것 • 82 ┃ 한가위 • 84 ┃ 추억 • 86
비응항 밤바다 • 87 ┃ 가을 선운사 • 88 ┃ 나의 애마를 보내며 • 89
바둑 두는 사내들 • 90 ┃ 가을 들판에서 • 92 ┃ 흑진주 • 94
망각 • 96 ┃ 님 • 98 ┃ 십일월의 바람 • 100

4 마법의 성

어느 이주 노동자의 일기 • 102 ┃ 호성치과 최영화 • 103
책으로 몇 권 • 104 ┃ 와인코리아 가는 길 • 106
말 안 듣는 놈들 • 108 ┃ 엿 • 112 ┃ 눈이 내리면 • 113
세월 • 114 ┃ 고약 • 115 ┃ 외포리 바닷가 • 116
장사하는 사람들 • 118 ┃ 병든 세월 • 119 ┃ 까만 소화제 • 120
진순이와 다복이 • 122 ┃ 탑골공원 • 124 ┃ 마법의 성 • 125
치매 수준의 건망증 • 128 ┃ 술 한 잔 • 129
노란 평상 • 130 ┃ 느티나무 사랑 • 134

5 단시 여행

친구라는 것 • 136 ┃ 큰다는 것 • 137 ┃ 철없는 가을 나그네 • 138
섬진강의 봄 • 139 ┃ 왕파리 • 140 ┃ 부도난 친구의 편지 • 141
북청 물장수 • 142 ┃ 후회 • 143 ┃ 보고픈 사람 • 144
아카시아 • 145 ┃ 소유 • 146 ┃ 사랑할 때면 • 147
그리울 때면 • 148 ┃ 입대 • 149 ┃ 재회 • 150
행복과 고독 • 151 ┃ 한가위 보름달 • 152 ┃ 로또복권 • 153
살다보니 • 154 ┃ 별리 후(別離 後) • 155

서평 ┃ 인간 근원의 아픔을 응시하는 애절한 눈빛
— 이영철(소설가, 한국문인협회 이사) • 156

1

제주도의 밤

유채꽃 흐드러지게 노오란 꿈들이
파도에 부서지는 제주의 밤
행복을 깔아놓은 융단은
별빛에 몸을 낮춘다

꽃 지는 오후

길을 걷다가 문득 그대가 그리울 때가 있다
푸른 하늘 올려다보면
가끔은 하얀 구름 속에
그대가 숨어있을 때가 있다
봄바람
그 속에 그대의 노랫소리가 잠들어 있다

옥매화 켜켜이 늘어진 신록의 오후에도
아카시아 수수꽃다리 향기로운 봄날에도
언제나 그대는 내 맘에 꽃잎처럼 떨고 있다
그리움이 폭포수 되어 떨어지고 있다

그리운 사람들이여
사랑하기 위해 태어난 모든 그리움들이여
사랑이 소리쳐 부르면 망설이지 마라
달려가 맘껏 손 내밀어라
꽃 지는 오후 되면 그리움도 꽃이 핀단다

해남의 소녀들

헤어짐이 아팠던 순간들
군대 시절 무의촌 봉사활동의 어느 날인가
전라남도 해남 달마산 기슭
무수히 쏟아지는 밤하늘
푸른 별 꽃자리 수놓은 그 밤이여
별똥별 아래에 얼룩진 아이들의 얼굴들
낡은 초등학교 운동장에 하나 되어
모닥불 피워놓고 노래 불렀던가
군용차에 실려 안녕을 기약하는 장병들
소녀들의 하얀 손은 젖어만 갔는가
그 시절
장작불 사이로 신기루처럼 아른거리던
추억만이 오롯이 남아
이제는
텅 빈 운동장의 서성대던
시린 발끝만 보고 있으면
옛날은 그렇게
맑았던 청춘의 나를 불러대는데
바람은 얼굴만 부비고 간다

구정 전야

비가 온다
구정 날 전야에
하루 종일 먹고 자고
또
자고 먹고
오줌도 한 번씩 누고
짐짝처럼 누워 뒹군다

TV도 한 번씩 켜 보고
연예인들은 뭐가 좋은지
시답지 않은 소리 나누며
방청객은 입이 귀까지
찢어져 웃고 있다
웃을 일도 아닌데
웃고만 있다

아파트 창 너머에는
차량이 꼬리를 물고
암컷을 쫓는 수컷처럼
따라가고 있다

나는 물끄러미
어항 속 물고기가 된다
뻐끔뻐끔

어항 속의 나에게 묻는다
오지 않는 가족
갈 곳 없는 허망한
몸뚱이는 울고 있는가
밖엔 끝없이 비가 내리고
어항 속에 비친 귀밑 잔설은
소리 없이 쌓여만 간다

봄 같은 사랑을 하라

겨울은 사납고 혹독해야 하리라
시베리아 칼바람처럼
닥터 지바고의 오마 샤리프처럼
가슴 절절해야 하리라
그래야
연초록 봄의 진실을 알리라
연인이여
봄을 기다리는
인내의 사랑을 하여라
새털처럼 가벼운
기다림이 아닌
은근하고 과묵한
종소리가 되어라
눈물이 비에 젖어
눈물인지 빗물인지
모르게
가슴으로 울어라
봄 같은 사랑은
정녕 새록새록
연둣빛
청잣빛으로
꽃 피고 잎 피어라

어머니

봄날 오후이던가
경기도 외곽 포도밭에
허리 굽은 노파가
쑥을 캐고 있다

산행 가는 길 묻다가
나는 소스라쳤다
돌아가신 울 어매를
빼닮았다

거북등 같은 손마디 보며
이것저것 얘기 나누다가
주머니에 구겨진 지전 몇 장
손에 쥐어주고 일어선다

할매의 손사래는 미소 짓는데
봄안개 살며시 피어오른다
냉이 꽃 하르르르
바람에 날린다
노인은 아직도
손을 흔들고 있다

임록천 약수터

구룡산에 간다
정 노인 살아생전 만들어 놓은
임록천에 간다
생각이 엇갈린 말다툼으로
경로당 홍씨 노인 머리로 받아
피 흘린 뒤
할머니들 응원 업고 고집스럽게
임록천을 만들고 돌아가셨다
없는 돈 쪼개어
자비로 세멘공구리했다
쇠손자루 정성 들여 힘주어 바르고 덮었다
돌 날라 켜켜이 쌓고 땀 흘렸다
임록천 그곳
정 노인 땀 아직도 흘러내리고
구룡산 뻐꾸기 울어대고 있다
먼 훗날에도
많은 이들의 그늘 되고
목마름 해갈되어 꽃피어 웃고 있겠다

제주도의 밤

유채꽃 흐드러지게 노오란 꿈들이
파도에 부서지는 제주의 밤
행복을 깔아놓은 융단은
별빛에 몸을 낮춘다

정방폭포는
밤 꿈속으로 내달리는데
물은 정숙하게
바다로 바다로 떨어진다
폭포와 바다의 만남은
가련한 절경이던가

산굼부리는 우주선 되어
검은빛 바다 위를 날고 있다
은하수 쏟아지는 푸른 밤
제주 섬의 끝없는 해변이 소곤대고 있다

이상화

그녀는 해냈다
올림픽 2연패다

그녀는 이겼다
금빛을 달렸다

그녀의 다리는
철벅지
그녀의 다리는
꿀벅지
아니다
아니었다
그녀의 다리는
억겁을 지난
거짓 없는 땀과 눈물이었다
시상대 맨 위에서
그녀는 울었다
나도 울고 온 국민이 울었다
소치의 가장 싱싱한 상화꽃이여
이 밤
가슴 뜨거워지는

훈훈한 밤
꽃보다 아름다운 것을
진정 확인했다

국민이라는 단어

언제부턴가 국민이라는 단어를 남용한다
아주 헤프게 웃음거리로 남용하고 있다
국민가수, 국민배우, 국민여동생, 국민남동생, 국민삼촌,
국민MC, 국민요정, 국민가요, 국민감독, 국민유격수,
국민우익수, 국민투수, 국민타자, 국민머슴,
이러다가
국민대통령, 국민아버지, 국민어머니, 국민삼겹살도
나올지 모르겠다
국민은 한 나라의 통치권 아래에
결합하여 국가를 구성하고 있는 사람이다
그 나라의 국적을 가지고 있는 사람이다
인민(人民)을 쓰는 나라는
철조망 너머에 있다
존엄한 국민(國民)이 진정으로
천박한 궁민(窮民)이 되어서는 안 될 일이다
방송에서 그저 떠들어서는 안 될 일이다

무지의 반란 탓인가
주관적 판단이 사회적 오류로
천지를 뒤흔들고
가면을 쓴 지식의 남용이

출무해서는 안 될 일이다
독선의 사회
국민이라는 사회 구성이 부끄러운 사회
그 사회가 끝내 출무해서는 안 될 일이다
위정자나 주구(走狗)들이 함부로
국민의
국민에 의한
국민을 위한 정치를 하겠다고
표를 동냥해서는 더욱더 안 될 일이다
국민은 더 이상 바보가 아니며 존중받아야 할 일이다
찢어지고 발겨 쓰는 국민이라는 단어는
인민이라는 단어까지 껴안을 때
비로소 뜨거운 눈물의 꽃으로 피어나는 것이리라

김연아

나비가 날아간다
맑은 호수 위
온 세상이 정지된
한낮의 오후,
고요한 은빛
비행인가
마른 침 숨죽여
나비의 춤사위를
지켜본다
점프와 착지의
균형은
뭇 생명의
애절한 갈급함이랴
나비는
태풍이 광풍 되어도
미풍이 천지를
어루만져도
이미
한 송이 눈물꽃으로
피어오른다
나비는 한 편의
긴박한 영화이랴

홀연히
꽃향기 날리는
더블악셀이어라
여왕의 금빛 날갯짓
팔색조의 춤사위가
창공을 가르고
나비새가 멈추어 서면
비로소
예술혼의 처절한
서사시 되어
눈을 떼지 못할
사랑의 물결로
흐르누나

예뻐라
연아 새여
예뻐라
연아 나비여
너의 눈빛은
고혹의
마침표인 것을

삼양원

옛날
어떤 소년
첫사랑이었던 장미는
피고 지는데
장미향 꿀 같은
달콤한 삼양원의
라일락 향기 그리워라
아이들 웃음소리
분수처럼 쏟아지는
그리움이여
흔적마저 지워진
삼양원에는
옛 모습
찾을 수 없어라

낯모르는 사람들
재잘거려
지나가고
가끔은 흙먼지를
일으키는 육중한 화물차만
지나가고 있구나

그 시절
그 얼굴들
지금은 어디 어느 곳에서
살고 있는가
아련한 그리움은
더해가건만
난
발길을 떼지 못하고
서성이는가

아 서툰 추억이여
여물지 못한 외로움이여
이제야
알았으랴
밤 깊어도
새벽 되어도
푸른 별을 띄워
노를 젓는
나를……

무당

어릴 적 무당아줌마가 옆에 살았다
신명 나는 북소리, 꽹과리소리, 징소리가 온밤을 내달
렸다
무악(巫樂)을 타고 넘실대는 씻김의 굿은
위로하는 자와 위로받는 자로 극명히 나눠졌었다
어린 나이에도 골똘했다
신 내림과 작두에서의 널뛰기가 무섭고 두려웠다
몸과 맘을 고쳐주는 만신의 얼굴 표정이 잔망스럽게
보였다
때로는 위대한 성녀로도 보였다
무당은 모든 사람의 한과 눈물을 보듬어야만 했다
평생토록 뼈 빠지게 남의 일을 돌보고 다른 이의 복을
빌어주지만
변변히 인정받지 못하는 운명인 것이다
다급할 때만 애걸복걸 신과 무당에게 매달릴 뿐
굿판이 끝나면 그만인 것이다
모래밭에 놀던 아이들이 엄마가 부르면
남겨진 장난감 풀어헤쳐 놓고 달아나 버리는 꼴이었다
마치 연극이 끝난 후의 텅 빈 공연장에 홀로 남아
허망한 눈물을 흐르는 것과 같은 것이리라
어릴 적 옆집 무당이 온밤을 쏴―왈 거리는 대사와

펄펄 뛰는 춤사위가 아직도 전두엽에 새겨져 있다
나를 보며 그 녀석 커서 괜찮을 거라는 한마디와
알 수 없는 미소를 아직도 비밀스럽게 간직하고 있다
쪼그리고 앉아있는 나에게 굿판이 끝나고
남겨진 음식을 손에 쥐여주던 따뜻한 온기가 아직도
생생하다
비단 꽃 모자와 손에 매달린 방울
그리고 착착 펴지는 알록달록한 부채가 아직 내 가슴에
남아있다
무당의 꽃무늬 신발이, 상여에 매달려 갈 때
손을 흔들지 못한 후회가 여전히 남아있을 뿐이다
그녀의 죽음은 여전히 한 켤레 분홍빛 신발로 살아있는
것이다

전철 안에서의 나의 원칙

남루한 노인이 내게 온다
나는 일어나 자리를 양보한다
손 저어 사양하고
손 저어 양보하고
노인은 미안한 표정을 짓는다

나의 자리 양보하기 원칙은
목과 손등을 보는 것
주름진 목과 통나무 같은 거친 손마디이면
무조건 양보해 버리는 것
이것이 나의 원칙이다

매끈하고 번지르르한 노인이 내게 온다
나는 일어나 자리를 양보해야 하나
갈팡질팡 망설이고
때로는 눈을 감고
노인은 도끼눈을 뜨고
자리를 요구한다

무언의 압력과 시위에 굴하지 않고
목과 손등을 훑어보는 것
고생 않고 편하게 살아온 손마디라면
무조건 버티고 질끈 눈 감아 버리는 것
이것이 나의 삶의 단편이다

바닷가에서

등대 하나가 그리움에 젖어 있다
머언 이야기 불러대고 있다

파란 물줄기 가르고
그리움 실어 나르고
외로운 배 한 척 그리움 들고 온다

고향에 가자
눈 감고 고향 부르자
저녁이면 굴뚝으로 연기 뿌옇게
젖어 오르고
동무들 모여 사는 곳

등대 하나가 옛일을 일러주고 있다
꿈이 새록이 젖고
그 먼 날
우리들의 노래 젖어 흐르고 있다

봄

새순 돋는 보리밭에 가자
파릇파릇
보리 새순 빛나고
종달새 하늘 높이
원을 돌며 노래하누나
봄바람
여인의 치마폭을
간지럽게 잡아 핥는다
봄이면
된장국에 냉이 넣고
보리밥 착착 비벼
배 터지게 먹어보자
우리도 봄나들이 준비하자

출생신고

장소팔은 장에 소 팔러 간 사이에
낳았다고 장소팔이란다
그의 형님은 중팔이
아버진 대팔이
할아버진 곰배팔이란다

우리 동네 '김인태랑' 아저씨 있었는데
할아버지는 손주의 이름을 지어
아들에게 심부름을 시켰다
아들은 출생신고 하러 가
그만 지어준 이름 까먹고
머리 긁적이다 면 직원 다그치며 묻자
어물거리며 한참 후
"인태랑 같이 있었는데……"
고개 갸웃거리자 면직원 얼른 호적에
'김인태랑' 하고 받아 적어
네 자 이름 되었단다

우리 고모 면사무소 출생신고 때
면 직원 뭐라 지을까 어눌하게 재촉하니
울 할아버지 그냥 "쪼깐으니깐 쪼깐이로 지으라"
성의 없이 대답해 그만 '정쪼깐' 이가 되었단다

내 삶으로 젖은 노래

하늘은 몇 날 며칠째
먹구름과
장대비로 가려져
물과
우산과
젖은 신발을
정수리에 새겨 놓았다

빗물이란
한 개의 낙하수에 지나지 않는가
물이란
아래로 아래로만 흘러
도랑도 되고
내도 되어 강물이 되면
바다를 치달려
하나로 돌아간다

여린 꽃잎새 빗줄기에 찢기어
부서질지라도
끝내는 피우리라 싶다
낙화가 두려워 되돌아갈

길을 찾을 수는 없으니
능소화 긴 꿈이
도회지로 간 사람이 거니는
강 언덕에서
주홍빛으로 물들고
가시나무 찾아서 간
떠난 새는 돌아오지 않는다
일생에 단 한 번 운다고 하는
전설의 새는
지금 어느 처마 끝에 앉아서 우는가

사람이 사는 것
반은 허비하고
엄청난 속도로 나이를 먹는다
우리는 지금 어디로 가야 하는가
아침부터 쏟아 붓는 빗소리 들으며
조용히 누워
삶을 그리워하는
사유의 능선을 따라 가보는가
들에 핀 개망초처럼
어디엔가 어디에선가

하얀 넋 나부낀다
그것들은 오늘도
흔들면서 흔들리면서
우리네 인생의 통로에 비 내리고
비가 전하는 편지처럼
내 마음 안에 음악으로 젖어 흐른다

개망초꽃

너는
언제부턴가 비를 기다렸다
장맛비 내리는 날
그리움도 내리고 있었다
빗방울 사이로 눈물짓는 기억의 파편들
하얗게 나풀대고 있다
미소와 환희는 이미 아련한 슬픔이 되었거니
무채색(無彩色)의 상념(想念)
붙들지 못하고 무덤 위로 날아간 한 마리 새는
비를 맞고 싶다고 말했다
이별의 빗방울은 깊은 통증으로 내린다
칠월에 핀 무수한 개망초꽃들이 지천으로 울고 있다
빗방울에 흔들리는 개망초꽃들의 하얀 넋들을 바라본다
떠나버린 한 마리 새를 바라본다

색소폰 여인

금강의 강물은 유유히 흘러가고
세월의 긴 타래에 무관심한
고기 한 마리가 푸른 등을 보이며
서해를 헤엄쳐간다
잿빛 포구의 해안선 따라 가녀린 아우성이
한 곳으로 집결하여 어디론지 떠나가고 있다
밤은 아름다운 것
땅 위의 목숨은 무엇을 위하여 노래하는가
싱싱하게 요동치며 떠나가는
이별을 바라보며 길게 한숨을 쉰다
색소폰 여인이여
칠흑같이 어두운 밤을 뚫고
차가운 겨울 강물을 헤치고라도
하늘의 목숨이 땅 위로 내려와
강물로 내려와 고요를 가져다줄 때까지
그대를 향한 색소폰을 부르리
어느 날 문득
손에 잡힐 듯한 영상으로 다가와
바람처럼 살다간 꽃잎 같은 그대의 소식 들려오면
여전히 기쁘게 미소 지으리
그리하여 색소폰 소리에 귀 기울이고 눈을 감으리
추억 속의 그대여

비의 색이 빗물 색으로 내리는 까닭

비가 먹물이라면
마스카라 지워진 여인들의 눈물 되겠지
비가 붉은 핏물이라면
나신으로 머리칼이 잘린 채 발견되는
그르누이의 향수되겠지
비가 노란 황톳물이라면
이것 또한 황사에 휩싸인
지저분한 도시되겠지
비는 비처럼 말간 물로만 내려야
사람도 말간 맘으로
열무나 배추도 말갛게 크겠지
내리는 맑은 빗물은
꽃과 나무처럼 예쁘게만 살라고
비의 색으로 내리는 거겠지

2
두 할머니의 싸움

진눈깨비 날리던 어느 날 오후
두 할머니가 용두동 골목에서 처절한
악다구니 싸움을 한다
폐지(廢紙)를 사이에 두고
조금도 양보 없이
온갖 욕지거리 쌍말이 오고 간다

밥값 내기

검사스러운 검사와
촌지스러운 선생과
사이비스러운 목사가
식사를 하러 식당에 간다

식사가 끝나고
밥값을 내는데
버팅기고 버팅기다가
아이의 아버지인
검사가 밥값을 낸다

몇 년 후 다시
검사스러운 검사와
촌지스러운 선생과
사이비스러운 목사가
식사를 하러 식당에 간다

식사가 끝나고
밥값을 내는데
검사의 아이는 이미 졸업을 했고
버팅기고 버팅기다가
결국 식당주인이 밥값을 낸다

김양수

아침 출근하는데 엘리베이터 옆 함에
'양수기함' 쓰여 있었지
옛날 오랜 벗
양수를 만나야지 생각하며 출근 중
다른 날 보이지 않던 양수가 피식 웃었지
양수를 만났네
중년이 되어 시인이 되어
반갑게 수다 나눴네
개미와 풀의 아픔을 아는
진정한 마음을 만났네
그대 시집과
나의 시집 주고받았네
산새처럼 맑은 노래
들꽃처럼 향긋한 풋내음
양수라는 남초(南草) 만나
오늘은 행복이라네

점례의 질문

구역장님 복순이 언니가 이뻐요 내가 이뻐요
이년아 니가 젊고 훨씬 이쁘지
근데 왜 남자들이 복순이 언니만 좋아해요
이년아 복순이는 부지런하고 살림도 알뜰하게 하고
음식도 잘 하고 하나도 버릴 게 없잖아
너는 게으르고 살림도 못하고 음식도 잘 못하고
어떻게 남자들이 좋아할 수 있겠냐
카드빚도 많은 년이 돌려막기나 잘하지 또 잘하는 것 있냐
두 여인의 대화는 이후에도 끝이 없었다
뚱뚱한 점례의 피둥피둥한 뒤태는
삶의 고단함이 묻어 있었고
구역장이라는 선배 언니는 책망과 꾸지람 속에서도
점례의 안위와 진로를 걱정해주는 큰 나무 같은 버팀목
이었다
봄바람 속 그들도 매화향기에 취해보리라
억지 부리는 점례의 꽃샘시샘도 매화꽃 피리라

시 쓰기

한 편의 시(詩)를 쓴다
통증의 아픔
내 마음을 노크한
외로움을 노래한다

뼛속이 비고
허허로운 벌판에 서서
휑한 눈이 되어도
오직 한 편의 시를 쓰고 싶다

내일 다시 후회해도
단언컨대
최고의 시 한 편을 쓰겠노라
다짐해 보며 시를 쓴다

누군가 한 사람이라도
영혼의 울림이 있다면
심장의 고동이 출렁거리는
그런 시 한 편을 쓰고 싶다

꽃 지는 인생

봄 여름 가을 겨울
천지에 꽃빛이 가득하더라
그러더니
겨울 눈 내리더라

봄 여름 가을 겨울
산다는 것은
잠시의 연분홍 꿈이었더라

봄 여름 가을 겨울
한 아이의 맑은 눈동자에
웃음이 고여 있더라
그러더니
거울 속의 백발노인은 그 누구인가

두 여인의 대화

어머 오랜만이다 몇 년 만이니
너는 하나도 안 늙었구나
너는 학교 다닐 때하고 똑같다
누가 니 나이를 50대로 보겠니
언뜻 보면 40대 초반으로 보겠다
이 옷은 니가 골랐니 어디에서 샀니
정말 꽃중년이구나

나는 긍정적 착각에 빠진 두 여인을 본다
중년의 덫에 걸린 눈가의 주름을 본다
지난주엔
팔순의 노인들도 그랬었다

착각

내일은 어버이날이라 오늘 용인 한남 공원묘지에 갔다
이것저것 어매와 아배가 좋아하는 것으로 준비하여
서둘러 갔다
경기도 광주 매산 삼거리 입구 불과 1km 남기고는
차는 정지 되고 한 걸음도 가지 못하고 길거리에 갇혔다
나는 크게 감동했다
낼은 붐빌 거라 예상해 수많은 자식들과 가족이
부모 산소에 카네이션을 달아드리려 하는구나
대단한 효심과 사랑이구나
정이 많은 우리나라 아직도 희망이 넘치는 나라구나
하면서
30분 정도 아스팔트의 열기 속에 기다렸다
잠시 후, 사이렌 소리가 나고 정체된 차들이 물 흐르듯
흘러간다
라디오를 무심코 켰다
국민 여러분! 재난대비 민방위훈련을 해제합니다
어쩌고저쩌고 방송 중이다
목적지에 도착해 산소에 카네이션 달아드리고
막걸리에 안주 펼쳐놓고 사방을 둘러보니
묘지 조성하는 포클레인 기사 쭈그리고 앉아 궐련을
태우고 있다

"아저씨! 수고하십니다
내일이 어버이날인데 공원묘지에 참배객들이 하나도
없네요"
포클레인 기사 가래침 탁 뱉으며 한마디 한다
"형씨! 우리가 여기 오래 일하지만 그런 착각하지 마슈
산 부모도 안 볼라 하는 세상에 죽은 부모 찾아오는
사람들 거의 없어요
인터넷으로 제사 지내는 세상이에요"
차를 몰고 돌아오는 길에 눈에 뭐가 들어갔는지 자꾸
눈물이 난다
겹매화는 흐드러지게 차지게 피어 나를 바라본다
나는 쓸쓸한 묘지를 벗어나고 있다

천리포 수목원

금년 봄쯤에
천리포 수목원에 가고 싶다
아득히 꿈꾸던
붕붕벌과 훨훨나비가
노래하는 그곳
온갖
침묵의 나무와 꽃들의 향연
저 영국의 이니스프리의 호도(湖島)가 여기였던가
사계절을 두루 품은
숲과 꽃들의 이야기가
끝없이 꿈을 꾸고 있는 그곳
시리도록 투명한 호수에 묻는다
천리포에서 바라보는
찬란한 밤의 별빛은
하늘에다 손을 뻗어
뿌려놓은 수정 구슬인가
너도 아프고
나도 아플 때면
우리
그곳에서 만나자고 약속을 한다

세상사
온몸이 식초처럼 지쳐
천길 지옥으로 떨어질 때
우리
천리포 꽃바람으로
서로를 위무하고
잃었던 웃음을 찾고
잊었던 사람됨을
주우러 가고 싶다

겨울과 봄 사이

겨울은 적요하다
고샅길 한편
나란히 흐르는 도랑물소리
봄을 재촉한다
오래된 뇌리 속
소박한 정자에 앉아
새악시 볼처럼
포담스럽게
푸른 천공광(天空光)
피안의 세계
그곳에서 봄을 뿌리리라
좋은 냄새나는 연인들
길을 내리라
초록의 새순 주리라
겨울과 봄 사이
흥분되는 설렘이다

상혼

상계동 야채가게는 늘 문전성시다
장사 잘되는 원인은 아줌마의 투혼에 있다
장사 잘되는 결과는 아줌마의 상혼에 있다
상혼이 뙤약볕에 얼굴을 내밀고
살기 위한 몸짓이 처절하다

골련때기*에 매직으로 아무렇게나 갈겨쓴 글씨
천도복숭아 : 신선이 못되면 몸이라도 신선해지는 천도복숭아
고　구　마 : 밤과 싸워 이긴 고구마
계　　　란 : 굵고 싱싱한 계란이 왔어요
　　　　　　타조가 놀란 계란이 왔어요
　　　　　　나는 깜짝 놀랐어요
　　　　　　공룡알인줄 알았어요

*골련때기: '골판지'의 방언

바보들의 숫자개념

서울 시청 앞 광장에
촛불집회가 열렸다
주최 측 추산 10만 명
경찰집계는 6만 명
한두 명도 아니고
4만 명은 어디로 갔을까
달마가 동쪽으로 데려갔을까
흔들리는 촛불은 알고 있는 듯
깜빡깜빡 윙크하며 웃고 있다

여름 소나기

북한산 하늘 언저리부터
먹물을 찍어 바른 듯
그렇게 먹구름은
제 무게를 이기지 못하고
끝내 눈물더미를
쏟고야 만다
온통 물바다를 이루는 소나기에
버드나무가지는 긴 생머리로
흔들어대며 춤을 춘다
천둥 번개도 번갈아가며
조명을 더 하고
먹구름을 삼켜 쏟아낼 만큼
눈물을 뿌리고 있다
끝내 응어리진 뿌리를 뽑아내듯
요동치고 있다

큰아이 군대 보내고

논산 연무의 장정들이 오늘은 모두 내 자식 같았어
만감이 교차하고 마음이 아린 건 왠가
동물의 왕국을 보면 어미 새가 새끼 새에게 먹이를 주다가
어느 순간 뿌리치는 그런 애틋한 그거였어

어제 논산 연무대 큰아이 군대 보내고
오늘 성탄절에 가슴이 아리고 적막강산에 허전함 뿐,
눈물이 나올 것 같고 콧잔등이 찡하다
남겨진 장정들의 외침이 아직도 들리는 듯하다

돌아와 그 아이 빈방의 가지런한 옷가지를 보니
애틋하고 허전함뿐이다
나이를 먹어도
한해 한해가 외롭고 까칠하고 슬퍼지는 것은 왠가

12. 24. 크리스마스이브
논산훈련소 25연대 내가 본 훈련병 큰아이
30년 전
나도 분명 똑같이 논산 25연대 7중대 훈련병이었다
세월이 흘러 제대를 했고 어른이 되었다
그러나 똑같은 연병장에 남겨진 것은 아들이 아니라

30년 전의 바로 나였고 "충성"을 외치고 있었다
천안 논산 간 고속도로 이정표도 놓쳤고
정신없이 차를 몰아 쿨럭 거리는 국도를 횡설수설 아쉬움
토해내며
좌충우돌 큰 아일 뺀 나머지 세 식구들은 서울로 돌아왔다

그러나
나는 아직도 제대를 하지 않았다
12. 24. 크리스마스이브 성스러운 날
아들과 내가 함께 보낸 일치와 불일치의 크리스마스이브
열병과 분열 사이사이에 사랑과 눈물이 얼룩져 가고
조금은 억울한 악몽을 꾸고 있었다
희미하게 장정들은 손을 흔들고
그 속에 내가 있는 걸 확인했다

초원에서 양의 새끼가 길을 잃어 헤맬 때
비로소 부모의 존재를 의식하는 성숙이 옷을 입는다
시련을 통해 어른이 되어가는 과정이니까
진정한 남자로 태어나길 빌어본다
큰아이가 군대 간 지 일주일이 되었다
뉴스에서 호남 서해안에 소복이 눈이 쌓였단다

하얀 눈 속에 훈련하는 논산의 자랑스러운 장정들
힘 내거라 그 속에 우리 큰아이도 힘 내거라

두 할머니의 싸움

진눈깨비 날리던 어느 날 오후
두 할머니가 용두동 골목에서 처절한 악다구니 싸움을
한다
폐지(廢紙)를 사이에 두고 조금도 양보 없이
온갖 욕지거리 쌍말이 오고 간다
부박(浮薄)한 현실(現實)에 살기 위한 다툼이 치열하게
이어진다
나는 두 할머니를 불러 모아 지전 한 잎씩 주고 화해를 시켰다
깊게 팬 주름 사이로 마주 잡은 화해의 손
나뭇등걸처럼 뻣뻣하건만, 눈가의 눈물을 조금씩 비치고
있었다

이 땅에 만발화의 미소를 가진 위선자들이여
어찌 폐지 따위를 다투는 우리의 어머니들이
거리를 훑어 허리를 휘어야만 하느냐
이 땅에 경극의 가면을 쓴 위정자들이여
수많은 시든 꽃들이 죽음의 사투를 벌일 때
그대들은 한 번쯤 우리의 어른들에게
삼시(三施)의 위급함을 진실로
보시(布施)해 보았느냐

두 가지의 걸린 삶을 두고

1. 껴안아야 할 것들

나 자신, 가족, 친구, 친척, 진실 된 수양, 부모님께 효
도, 형제간의 우애,
우리나라, 용서, 이해, 인정, 희망, 천국, 평온과 행복,
클래식, 순교,
평화, 자존심, 1월 첫날, 용기, 운명, 파산 면책 회생,
공손한 태도,
세상의 모든 꽃들, 그리고 모든 사랑

2. 버려야 할 것들

빈곤, 질병, 고독, 고통, 구박, 가족에 찾아온 병마, 사업
실패, 빚보증, 분노,
절망, 자책, 지옥, 반복되는 시행착오, 캄캄한 절벽,
날 선 바람과 폭풍, 껍데기,
배교, 자존심, 친구, 12월 끝날, 15년간의 재판, 신용
불량자, 트라우마, 이간질,
미움, 질투와 질시, 지역감정, 끼어들기, 억지주장, 대통
령과 국회의원 욕하기,
그리고 모든 사랑이 아닌 것들

내가 바라는 여름날 아침

여름날 새벽에
빗소리의 환청을 듣고 깨어날 때
나는 행복하다
여름날 아침에
얇은 이불 사이로 누워
창문을 때리는 소리 들을 때
나는 미소 짓는다

내가 바라는 여름날 아침은
조리개로 물을 주듯
온갖 세상일 씻기어 주고
오후에는 쨍쨍한 햇살로
지친 영혼 들뜨게 하는
그러한 날씨여야 한다

그래야 가난한 자도
부자도
여름을 얻을 것이다
그래야 지친 새들도
여름을 노래할 것이다

훌륭한 삼성 가족

이병철 창업주와 박두을 여사는 삼성을 이뤘다
별 셋이 모여 이 나라 빛내고 그 위용 세계를 떨쳤다

장남 이맹희는 동생 이건희에게 소송을 냈단다
차녀 이숙희도 동생 이건희에게 소송을 냈단다
이병철 회장은 말이 없고 유산을 돌려 달라 싸운단다

일타쌍피
블랙코미디다
3남 5녀 중 다른 형제 가세 땐,
몇조의 상속재산이 피를 튀기는 진흙탕 싸움이 될 거란다

나는 조용히 눈감고 이병철 회장을 생각해 본다
정주영 회장과 함께 대한민국을 산업화시킨 위대한 어른이
지금 무슨 생각을 할까
3남 5녀 명문가에 좋은 학벌, 어마어마한 부귀영화 다 이룬,
그들은 어떤 생각으로 난장을 벌이는가

용두동 폐지를 줍던 두 할머니 싸움에 나는 지전 한 잎씩
나눠주고 화해를 시켰다
삼성 가족 불러서 지전 한 잎씩 주고 화해를 시키고 싶다

나는 참 바보다
그들이 싸우는 이유를 도무지 알 수가 없다
돈 많아 하루에 밥을 열 끼 먹을 수 있나
돈 많아 밍크코트 열 벌 껴입을 수 있나
돈 많아 로렉스 금장시계 왼손 오른손에 열 개씩 찰 수
있을까

밤은 깊어가고 잠은 오지 않는데,
바보가 된다
이 밤 불콰하게 막걸리 한잔 해야 잠이 올 것 같다
삼성과 CJ
손잡고 화해하길 빈다
그들도 달 밝은 봄밤
가난한 산골 마을 걸어보면 알지 않겠는가

눈 속에 핀 홍매화가 얼마나 아름다운지
가난한 촌로들의 욕심이 얼마나 새털같이 가벼운지
알리라
오늘도 달이 웃는다

상여 나가는 날

한낮 상여가 나가네
앞에는 연못이 있고 수양버들 늘어져 있고
온갖 새들 꽃 찾아 지저귀고 있네
오른쪽 팔각정에는 발 디딜 틈이 없이 문상객으로 북적
이고
음식은 철철 넘쳤네
석고처럼 굳어있는 아버지의 시신은
임금님의 옥좌 같은 둔탁한 의자에 앉아
꽃상여 휘감은 조각이 되어 형언키 어려운 표정을 짓고
장례식의 조문객들은 모두 모였네
대구 형과 나는 행사를 진행하고
대구 사는 조카와 조카며느리는
단정히 큰절 올리려 하네
이때 대구 형은
군대 가서 신던 통일화 비슷한 것 한 켤레를 둔탁하게
내려놓았네
"막내야, 이 신발 아버지에게 신겨라"
나는 신발 받아,
이런 거는 잘 못한다 하니,
누나는 얼른 그 신발 넙죽이 받아
아버지를 업듯이 뒤로 한 채

오른발부터 신기고 있네
"음, 그렇게 신기는 방법이 있네"

꿈이었네
나는 교회나 성당에 나가지도 않는데
우리 어매 살아생전 하던 모습 흉내 내어
성부와 성자와 성령의 이름으로
십자가 성호 그었네
묘한 꿈의 선명한 순서 다시 되뇌며
꿈속의 아버지를 그려보네

아버지

의정부 가는
버스에서
아버지 닮은
사람을 보았다
도리무찌 모자에
허름하고
꾸부정한 모습
노인은 방학역에 내렸다
얼른 따라 내려
소리쳤다
"저— 어르신—"
아니었다
뒷모습과
앞모습이 달랐다
"저의 아버지를 닮아
그냥 따라 내렸습니다"
노인은
나의 손을
감싸 쥐며 웃었다
찔끔 망막이 흐렸다

아버지 돌아가신
10년쯤 되던 해의
일이다

헤어지는 연인들에게

헤어지는 연인들이여
다시는 불나방이 되지 마오
한여름의 소나기처럼
시원한 소나타가 되어
아름다운 시로
님을 향해 소리 높여 노래를 불러보시오
그대의 아픔이 님의 아픔인 것을
그대의 그리움 또한
님의 그리움인 것을
그대가 느끼는 감정은 그 님도 똑같다오
다시는
다시는 님을 잃고
고독에 흐느끼는
불나방이 되지 마시오
삶의 궤적을 달리한 철없는 불나방이여
불빛 따라 떠돌다가 자신의 덫에 갇힌 슬픔이여
고무줄도 너무 당기면 끊어진다오
낭창낭창할 때 그냥 양보하고 달려가시오
산이 되어 품으시오
바다 되어 품으시오
가슴 아파 사는 것은 삶이 아니지요

지금 바로 꽃을 들고 달려가시오
그러면
꽃피는 봄도
신록의 여름도 아름답지요
쓸쓸히 낙엽 지는 가을도 멋스럽지요
눈 내리는 겨울도 따뜻하지요
세상 모두가 아름답지요
헤어지는 연인들이여
다시는 불나방이 되지 마오

3

사과나무 아래 여름을 보내며

첫사랑의 수줍음에 빠알간 사과는
지금도 마음속 심장에서
두근두근 익어 가는데
아직도 한낮엔 철 지난 햇빛이
릴케 시 한 구절의 소원을
들어주려는 듯 뜨겁다

가을편지

어제 69살 먹은 어떤 여인과
이런 저런 얘기 나눴다네
가을이 가고 있다며 눈시울 적시대
넬이 시월의 마지막 밤이라며
괜히 의미부여 하는 70을 앞둔 그 여인 슬퍼보이대
우린 오 헨리의 마지막 잎새에서 무엇을 보았었지
초록에 지쳐 단풍드는 이 계절에 누구를 그리워해야지
벗들이여
오늘이 시월의 마지막 밤이래
은행나무 노란 잎에 입 맞춰봐
한 번만
10년이 젊어진대
그리고 잊혀진 사랑 있으면 생각해봐
우리네 생애가 한 번뿐이듯
지금 이 순간 모두를 아끼고 싶어
붉게 웃는 단풍 보고 싶어
그리고 힘들 내게나
우린 아직 69도 먹지 않은 88한 힘 있어
힘내 잘 될 거야
작은 바람에도 휘청거리는 세월
해마다 돌아오는 잊혀진 계절

바람 때문에 춥다 하지 말고
손발톱 정갈히 깎고
옷깃을 여미고
가을 뜨락을 바라봐
거기엔 아직도 생명이 살아 있으니까

가을

그곳에 가면
바람에 떨어진 가을 낙엽이 있다
있는 듯 없는 듯 뒹구는 낙엽과
호프 한 잔과 음악이 있다
그곳에 가면
권위는 잃고 책임만 남은 수컷들이
충혈된 눈으로 눈물의 파티가 그리워
바람 부는 대로 구석진 자리 하나
꿰어차기에 두 눈 번뜩인다
고독의 수렁 속에 잠시
혼탁한 매음의 동굴 속에 자리를 지킨다
어느 꽃샘바람 부는 늦은 저녁에
철없는 친구와도 갔었다
그곳에서 초등학교 친구가
주머니 손 깊숙이 넣고서
차례를 기다리는 행렬을 보았다
그도 놀라고 나도 놀랐다
갈 곳 없는 7080의 왕따들은
기러기 같은 환자가 되어
오늘도 서성인다

상실의 올드보이는
오늘도 황혼의 쓸쓸함을
호프 잔의 두레박으로 당길 것이다
캄캄한 어둠 속 빈 의자에 앉아
홀로 남겨진 퇴역의 산고를
소리죽여 들썩거릴 것이다
가을
그곳에 가면
후회의 끝없는 향수만이 있을 뿐이다

연고

짜내고 내어주고
상처를 덧씌우고

받는 것 없이도
주기만 하여라

그것이 숙명이라면
쭈그렁 껍질로
미라 될 때까지

다리에서 몸통으로
돌돌 말려
모가지 뚜껑까지
숨이 차올라도

하얀 웃음 쏟아
아프게 산화하리

그대의 삶은 진정
엄마가 되는
한가지이랴

손칼국수

열아홉의 그 시절,
시골을 떠나
서울에 처음 상경하여 고속버스에서 내렸을 때
허기진 공복에 준식이와 나는
터미널을 빠져나와 두리번거렸다
우리는 손칼국수집에 들어가 국수를 시켰다
우연하게도 손칼국수집이 세 곳이나 나란히 붙어있었다
순진무구한 준식이가 나에게 물었다
"서울에는 손씨들이 칼국수집을 많이 하는가 봐"
나는 물 잔에 물을 따르며 천천히 아는 체를 했다
"손씨들이 모여 똘똘 뭉쳐 장사하는 거라고"
영혼이 맑은 준식이는 잘 익은 포도송이 같은 눈을 끔뻑
거리며
고개를 상하로 흔들어댔다

직업소개소

철없던 시절,
준식이와 나는 학비를 벌기 위해
서울역 앞길 건너 직업소개소에 찾아갔다
늙수그레한 소장은 우리를 위아래로 한번 훑어보며
부러진 돋보기안경 너머로 거만하게 물었다
일당은 얼마 얼마이고
노역에 따라 대가는 다르다고 퉁명스럽게 말했다
낡은 의자는 청테이프로 감아 흔들렸고
준식이와 나는 다리를 모으고 손도 모으며
소장의 입만 바라보았다
준식이는 돈은 좀 적어도 일이 힘들지 않고
잘 먹을 수 있는 곳으로 골라 달라
천연덕스럽게 얘기했다
나는 일은 힘들어도 돈만 많이 벌 수 있는 곳으로 해
달라고 했다
소장이 어디론가 전화를 하자
비열한 웃음을 띤 중개인 사내가 총알같이 나타나
우리를 보며 즐거워했다
준식이는 장안동 한식집으로 팔려갔고
나는 지하철역 막장으로 팔려갔다
소장과 중개인 사내는 알 수 없는 계산을 하고 씩 웃었다

먼저 팔려간 준식이는
그 사내를 따라 터덕터덕 뒷주머니에 손을 넣고 따라갔다
4층 직업소개소 먼지 낀 창문 아래로
나의 친구 준식이는 그렇게 가고 있었다
슬프지 않았지만, 왠지 싸한 공기가
나의 살갗을 훑었다
길 건너 김우중 회장의 장대한 대우 건물이 나를 보고 있었다

친구

맛있는 걸 먹으면 생각나는
친구가 그립다
얘기를 하지 않아도
같이 있으면 편한 친구가 그립다
들길이나 산길을 거닐 때
같이 걷고 싶은 친구가 그립다

늦여름 잠 못 이룰 때
구멍가게에서 캔맥주 하나를
서로 부딪칠 수 있는 친구가 그립다
그런 친구라면
불면의 여름밤도
아름다운 소야곡으로 노래하리

망망대해 파도치는
검붉은 소낙비 같은 태질에도
인생의 구명조끼 같은
그런 친구라면
어려울 때 산소호흡기 같은
그런 친구가 곁에 있다면
세상은 살아볼 가치가 있으리

세월 흘러도
떨어지는 낙엽에도
조락의 아픔에도 외롭지 않으리
밤 깊어 달빛 아래 핀 들꽃도
그런 친구라면
그저 바라보며 웃어줄 것 같다

사과나무 아래 여름을 보내며

첫사랑의 수줍음에 빠알간 사과는
지금도 마음속 심장에서 두근두근 익어 가는데
아직도 한낮엔 철 지난 햇빛이
릴케 시 한 구절의 소원을 들어주려는 듯 뜨겁다
여름은 체념하듯 밀려가는가
사과는 사각사각 익어 가는데
고개 들어 사과를 보라
사과는 보석처럼 탐스러운데
고개 들어 사과 향 맡으라
사과는 잘 견디어 대견해 보이는데
밤새 차가운 하늘 기운 내려앉은 이른 아침
긴팔 옷에 이슬 흠뻑 젖은
사과밭을 돌아보는 사과주인은
병마를 잘 이겨낸 능금을 보고
풋사랑 소년의 가슴으로 벅차오른다
과수원의 한해가 갈무리되면
앙상한 사과나무도 동면에 들어
흰 눈 덮인 꿈속의 안거를 기다리는가
가버린 여름의 땀을 그리는 것인가
바람 불고 천둥번개 내리쳐도,
그 자리 머무를 그대의 붉은 수줍음 타오를까
사과나무 아래 이미 가을은 소롯이 웃고 있다

아들에게

보석 같은 존재여
듣기만 해도
보기만 해도
사랑스런 아들이여
폐광이 된 쓸쓸한 광산이 되지 마라
너희는 뒷모습이 탄탄한 어깨가 되라
곡괭이와 착암기로 광맥을 파고들어 가는
신 나는 노다지 광산이 되라
너희의 젊음은 마그마가 이글이글 끓고 있는
활화산임을 알아라
너희는 지금 청춘의 시작이다
새순 돋는 푸릇푸릇 꿈이
피어나는 그런 생명이다

밀가루 것

혈기 방장한 정배가
친구들과 와자지껄한
시골 짜장면집에 갔다

무쇠도 씹어 먹을
용가리 같은 식성으로
혼자 14인분을 해치웠다

모두 놀라워
그 정배를 경이롭게
바라보았다

계산대에 음식값을
내고
사자가 포효하는 자세로
트림 길게 하더니
출입구 문턱에
발을 헛디디며
고꾸라졌다

깜짝 놀란 친구들이
양팔 부추기며 물었다
“정배야 괜찮냐”
정배의 사자후 일성(一聲)
한마디가 걸작이었다

“응 괜찮아
밀가루 것은 헛것이여”

한가위

드높은
청량한
하늘
손대면
터질 것 같은
파아란
고독
외발로
상념에 젖은
왜가리
한 마리
한가위
달은 차
밤 깊어도
스산한
달빛 그림자
갈 곳 없는
왜가리

그것이 나였구나
푸드득
날아라
외로운
그리움아

추억

정체를 알 수 없는 것
씹으면 씹을수록 행복해지는 것

외로움이 말라버려도 웃고 있는 나는 보는 것
시골 장터에 떠도는 깨칠이가 되는 것

정체를 알 수 없는 것
그래도 찾고파 더듬는 것

그것은 정녕 해묵은 쓰라림
그것은 정녕 비탈길에 세워진 수레바퀴

비응항 밤바다

비응항 밤바다를 홀로 걸었습니다
수많은 연인들이 걸어갑니다
나는 홀로 걸었고
비릿한 바람만이 고독을 씻어줍니다
한밤중 하늘의 별들이 모래사장까지 내려와
별꽃으로 피어납니다
그러고는 별꽃송이마다 눈부시게 하나씩 켜지는데
그 놀라운 광경을 나는 오래오래 지켜봅니다
비응항의 정박된 낡은 배들도 나와 같이 합니다
이때,
나처럼 홀로 걷는 나그네의 뒷모습을 보았습니다
외로움은 나만의 것은 아니었습니다
등대에 다다라서
나는 검푸른 바다의 노래를 부릅니다
내가 걸어온 그림자에 어룽거리는 쓸쓸한 웃음을
홀로 걷는 그 나그네에게 어느새 전하고 있었습니다

가을 선운사

가을비 내리면 가련다
선운사 암자에 떨어지는
노오란 단풍잎 주우러 가련다
고요함 주우러 가련다
비에 젖은 풍경소리
주머니에 채워 오련다
옷깃은 여미고 걸으리라
가을을 걷어오리라
두툼한 내복 한 벌
가을비와 같이 걸으리라
행자승 웃음소리 멈추는 저녁이 되면
잿빛 연기 한 줌 들고서 내려가리라

나의 애마를 보내며

드디어 가네
긴 여정을 끝내고
온몸이 분해되는 고통의 꿈나라로
그간의 노고에 머리 숙여 감사하리
초라한
뒷모습도 당당한 그대
나의 진정한 벗이여
서울37거 9419여
이제 고통 없는
고요한 침잠의 나라로
잘 가게나 안녕
무쏘를 보내는 나그네여

바둑 두는 사내들

인천시 계양구 갈현동 매실 밭
그곳에 가면,
운회 형 털보, 병배 형, 성균이
그리고 내가 있다
그곳엔 네 명의 늙수그레한 사내들이 삼천 평 되는
매실 농장 꽃냄새 두고 이미 신선이 되었다
구름을 모으는 운회(雲會)도사는 바둑을 여자보다 사
랑한다
새벽예불은 바둑 티브이에서 시작된다
나무아미타불
관세음보살
나무바둑타불
아다리 축 보살
이창호보다 내공 깊은 인내심의 병배 형은
예수찬미로 늘 하나님의 성령으로 살아가지만
바둑 둘 때는 생불(生佛)이 되고 만다
지독한 침묵
고독한 두 눈동자는 바둑판을 뚫고 심장도 뚫어버렸다
세상의 허무를 전부 삼켜버린 또 한 사내
성균이 그는 백구십 센티미터 큰 키에 긴 팔로
삶의 울분을 요다 노리모토의 착점으로 또는

사라포바의 스매싱으로 바둑돌이 부서지도록 두드린다
그들은 모두 일급이다
나는 장터 마당 프로 십팔 급이다
오늘도 그들은 대국을 한다
나는 심판을 보며 고수들의 판을 부추기며
추임새를 넣는다
그곳엔 더러운 정치가 없다
사악하거나 간교한 모사도 없다
오직
무림의 고수만이 존재한다
매화 향 맑은 영혼의 향기만이 있을 뿐이다
이른 봄 하얀 눈꽃이 분분히 쏟아지던 날
가로세로 열아홉 줄의 거문고가 울렸다
삼백육십하나의 가야금이 둥기둥 둥기둥 울고 있었다
점과 점
선과 선
오늘도 마술처럼 신바람으로 춤춘다

가을 들판에서

하얀 파도 춤을 추는
억새밭으로 가자
눈부신 그곳에
가을이 왔다

솜사탕 같은 눈물의 꽃들이
바람따라 반짝일 때면
멀리 두고 온 그리움 몇 개
가슴에 담아
가을 들녘으로 달려가자

뚝갈꽃 하얀 웃음
바람에 날리며
여뀌도
고마리도
키 큰 노인장대마저도
이 가을
서럽고도
붉게 흔들릴 때면

눈물짓는 가을 풀숲에는
삶의 이야기가 소곤거린다
갈색 추억이
우릴 기다리고 있다
그 들녘으로 가 보자

해 질 녘 굼실대는
황금빛 가을 향
담뿍 따가지고
그리운 사람에게 안겨주자
아름다운 가을 나만 보지 말고
어깨 걸어 함께 가 보자
눈물이 나는 이 가을을
모두 나눠 갖기로 하자

흑진주

조개의 눈물
흑진주야
야들야들 속살은
누구의 아픔이더냐
파도가 포말 되어
부서져 때려도
태풍이 불어
바닷가 버드나무가
헤드뱅잉 흔들어대도
오직
사랑의 언약
천년이 되어도
변치 않으리라
그렇게
단단하게
투명하고
영롱하게
한 점 알로
슬픈 눈물 되리라

심연(深淵)의 고통에서
흑진주로
태어나
검은 눈망울
정직하게
바라보리라

망각

망각이 없다면
삶은 지옥이 되리
망각은 치매가 아니지

세상사 눈뜨고
볼 수 없는
해괴한 사건 사고들

망각이 없다면
순수로 돌아가지
못하리

수많은 가슴 저린
만남과 이별도
서늘한 망각으로
잊고
지워야 해

망각은 치매도
지우개도 아닌
신이 주신
위대한 선물인 것을

괴로운 기억은
망각의 강물로
흘려보내고

좋은 기억일랑
호수에 간직하고
살아가는 것이지

님

하의도 웅곡항 바닷가
갯바위 너머에
저녁놀 진다
무거운 침묵은
달 위에 떠오르고
파도소리는 별을 부른다
무수한 별과
그 별들의 사이사이로
빛을 발하며
우주 어딘가로
퉁겨져 버리는
유성의 명멸이여
고즈넉함이여
밤기운 차건만
길 떠나온 취객은
붉게 젖는다
바람은
시간의 흐름을 알려주고
밤은 깊어 울고 있다
위대함의 마지막 기별(奇別)을
밤바람에 묻는다

전무후무(前無後無)의 고독(孤獨)
큰 별이 저물었다

님이시어
사무치게 그립습니다
살아있는 동안은
그리워할 것만 같습니다
그대의 미소도
가버렸어요
저 세상은 금은화(金銀花)처럼
사세요
노사등(鷺鷥藤)의 학이 되세요
부디

십일월의 바람

하늘이 맑고 높아졌다
가을 하늘 담은 좋은 달
십일월이다
이제 뜯길 달력은 두 장 남았으랴
가로수 노란 나비 떼를 보며
힘차게 페달을 밟으리
온 세상의 수많은 사람이
가을 하늘 닮아 맑아지면 좋겠다
불어오는 하늬바람도
밭고랑 사이의 풀벌레들도
마지막 합창으로 울음 울리라
다음 주에 기차를 타고
어디든 한번 떠나볼까
어디에든 가서 십일월의 정취도
붙들어볼까
기차의 차창 밖 풍경 잡으러
간이역에 내리고 싶다
기억 저편 공간 속 침묵을
한 다발로 묶어 노래하고 싶다

4
마법의 성

도시 광장에는
똬리를 튼
방울뱀 한 마리가
혓바닥을 날름거리고
붉은 립스틱
하이힐의 남정네가
담배 연기 길게 뿜어
깃발처럼 나부긴다

어느 이주 노동자의 일기

날씨: 맑음
나는 고향으로 돌아가면 친구들에게 한국에는 절대
가지 말라고 하겠다
한국은 외국인 특히 자신보다 못하다고 느끼는 나라의
사람들은
노예처럼 부리면서 자기 잇속만 챙기는 나라다
한국은 미국이나 유럽 쪽의 영어권에는 고급스럽게
관대하고
우리 같은 동남아의 영어권에는 저급의 눈빛을 선물
하는 나라다

호성치과 최영화

노원구 상계동 724-3 고려빌딩 204호에는
심성(心性)이 일급인 청정수(淸淨水)가 있다
호성치과 최영화 원장님이 웃고 있다
이십여 년이 넘어도
삼십여 년이 되어도
변치 않는 맑은 영혼의
푸른 물방울로 우릴 보고 있다
어겸순 어머니도
율리아 천사님도
그 아들을 사랑으로 보고 있다
하얀 이 반짝거려 은하수 물결 되어도
산새처럼 맑은 호성치과는
어느덧 늙은 느티나무처럼
벌린 입 향그롭게 노래 부른다

책으로 몇 권

살아온 것을
얘기하면
책으로 몇 권이나
된다고 했다

생선 장사 아줌마도
택배 아저씨도
미장원 아줌마도
돌아가신 우리 어매도
지난(至難)한 세월
소리 없는 눈물을 삼키며
살아왔다고 했다

어긋난 인생도
꽃다발에 묻힌 환희도
절름발이 반쪽의 아픔도
횡재로 입이 귀에 걸렸을 때도

살아온 것을 얘기하면
책으로 몇 권이나
된다고 가슴 쳤다

해맑은
첫 옹알이에서 깨어나
흰머리 풀풀 날리는
구부러진 석양에
충혈된 깃발을
바라볼 때까지도

사람들은
그리고
또 다른 사람들은
책 한 권 쓰지 않으면서

살아온 것을
얘기하면
책으로 몇 권이나
된다고 했다

살아온 것을
얘기하면
책으로 몇 권이나
된다고 울먹였다

와인코리아 가는 길

버스에 몸을 싣고 가을을 달린다
황간 지나 영동 가는 국도 길목은
노란 은행나무를 제식훈련처럼
열병과 분열로 줄지어 세워 놓고 있다
가을 끝자락
침묵의 산야는 우는 듯 흐느끼는가
무심한 낙엽은 벌겋게 벌겋게
각혈의 피를 토하고 있다
계곡마다 눈부신 아름다움에도
노근리의 아주 오랜 날
총탄의 문신에도
세월을 말없이 덧칠해 놓고 있다
나는 이 평화를 수호하는 공원을 지나
가을 시름겨워 한 풍경을 본다
지나간 아픔도 잊었는가
물으면서
작은 새 한 마리가 끼욱끼욱 울어대고 간다
취해 비틀거려 떨어지는 낙엽 한 잎은
무심한 발레를 한다

오, 샤토마니여
우리 오랜 이야기 듣고 있는
신(神)의 눈물이여

말 안 듣는 놈들

수능 당일 지각으로 허둥지둥 119, 또는 112까지 전화 걸어 숨넘어갈 듯 허겁지겁 교실에 들어가거나, 심지어 퀵서비스 오토바이에 매달려 아슬아슬 들어가는 입시생들

장마철에 방송에서 깊은 산, 깊은 계곡에 절대 가지 말라 수없이 방송해도 호우경보, 호우주의보 구분 못 하고 계곡 물에 밧줄 매달려 구조대원들 고생시키며 TV 나오는 야영객들

수학 시간에 영어 공부하고, 영어 시간에 수학 공부하는 도무지 종잡을 수 없는 놈들

전기세, 수도세 아끼라고 수없이 교육시켜도 한밤중 대낮같이 불 켜 놓고, 밤새 컴퓨터도 켜 놓고 욕조에 물 흘러넘치게 하는 놈들

고속버스 휴게소에서 15분 휴식 후 출발하니 시간을 꼭 지켜달라는 기사아저씨 당부를 외면하고 싸돌아다니다가, 안내멘트가 나올 때까지도 안 나타나고 애태우다 겨우 나타나 머쓱한 표정 짓고 출발을 지연시키는 놈들

동창모임이나 친목모임 약속시각에 나타나지 않고 끝날 때쯤 나타나 음식 다시 시켜달라고 요구하는 눈치 없는 놈들

음식 시켜놓고 어디론지 전화 붙들고 떠들어대다가, 음식이 식었으니 다시 데워 달라고 귀찮게 하는 놈들

아침 출근 때 비가 올 것 같으니 우산 챙겨 가라는 말 안 듣고 퇴근 후 새로운 우산 사오는 놈들

연애나 중매 때 주변에서 괜찮은 여자니 꼭 붙들어라 충고해도 말 안 듣고 있다가, 바둑에서 장고 끝에 악수 두듯, 풍신하고 사납고 못된 여자 만나 쪽박 차는 놈들 본인도 군대 안 가고 자식들도 군대 안 보내고 위장전 입에 땅 투기, 탈세까지 하면서 국회의원이나 장관하 겠다고 설치는 놈들

고스톱판에서 온갖 큰소리 쳐가며 나대다가 땄을 때 점 관리 하라는 친구의 말 외면하고, 결국 개털 되어 구석에 쭈그리고 앉아 있다가, 옆 사람에게 "비 먹어라 똥 먹어라" 훈수하는 놈들

주행 중에 앞차에서 담뱃재 날리다가 다 피우고 남은
불붙은 담배 휙 집어 던지는 몰염치한 놈들

음주운전 하지 말라니 술 센 척 호기부리다가 사고 내서,
자기는 물론 남의 가정까지 풍비박산 내는 놈들

중요한 행사에 시간이 없어 급히 서두를 때 어디론지
전화기 붙들고 한없이 쏴알거리다가, 화가 난 남편이
큰소리로 출발을 종용하자 마지못해 전화 끊으며 그래도
아쉬운 듯 "응 지금 바쁜 일이 있어 나가야 하니
이따가 다시 통화하자"며 끝까지 한마디 하는 아줌마들

예술의 전당이나 세종문화회관에서 공연 중에 엄숙
하고 진지한 클라이맥스에서 느닷없이 핸드폰 크게
울려 공연의 흐름을 끊어놓고 안절부절못하는 놈들

꽃샘추위이니 멋 부리는 것도 좋지만 옷 두둑이 입고
나가야 한다는 부모 말 안 듣고 홑껍데기 같은 옷 입고
나갔다가, 심한 독감에 걸려 콧물, 눈물 쏟아내는 놈들

이리 오라 하면 저리 가고, 저리 가라 하면 이리 오고
찰거머리같이 눌어붙는 귀찮은 놈들

동쪽으로 가라면 서쪽으로 가고 서쪽으로 가라면
동쪽으로 가고 하지 말라는 것은 죽어라고 청개구리
처럼 개굴개굴 굴개굴개 하는 말 안 듣는 놈들

하하하
그래도 그 놈들 있어서 지구는 돌고
술안주는 풍성할 뿐이다

엿

그 시절엔
쌀엿,
갱엿,
울릉도호박엿은
침 흘려 혓바닥을 감아 춤췄다
할머니 녹요강과 바꿔먹고
시시덕거리던 진철이도
쪼르르
하얀 이빨 뽐내던
샘 집 막내딸도
찰칵찰칵 엿가위가
엿판을 춤추며 흥을 돋우면,
할머니 비녀도
달착지근 녹아내렸다
어린 시절
"엿 먹어라"는
욕이 아닌 낭글낭글,
추억의 자부심이었다

눈이 내리면

눈이 내리면 강을 건너리
그리움 한 보따리
가슴에 담아 집을 나서리

마른 갈대숲 철새들 나는
조가비 언덕 넘어 외딴 섬으로
눈이 내리면
그때에 강을 건너리

솔 섬과 모래사장이
하얀 면사포를 쓰면
아득한 꿈을 꾸는 솔숲에 앉아
바다의 숨결마저 재우리

눈이 내리면 강을 건너리
여인이 떠나간 자리
그리움 채우러 강을 건너리

세월

거울을 보니 많이 늙었다
1년 사이 부쩍
웃통을 벗어보니 많이 늙었다
1년 사이 부쩍
늙으니 가슴팍 젖가슴도 쳐졌다
이도 빠지고
머리도 빠지고
벌써 중늙은이가 되어 버렸다
맘은 아직 유치하게 어리기만 한데
거울을 보니 많이 늙었다
1년 사이 부쩍
사진을 찍어보니 많이 늙었다
백발삼천장(白髮三千丈)
늦가을 서리뿐이다
몇 년 전의 내 얼굴이 아니다
세월이 야속하게도 낯설다
지우개로 지워 다시 시작하면 좋으련만
맘보는 아직 철이 없는데
낯설다
내가 모두가 낯설기만 하다

고약

하늘은 먹장구름
가득하고

나는 근심걱정
가득하여

피멍 든 하늘에다
한 맺힌 가슴에다

고약을 붙여서
응어리진
멍울을 쏟아 내리고……

외포리 바닷가

외포리 바닷가에
가을이 스쳐 가고
오동나무
참새 떼 소리
노을을 부른다
늦게 핀 국화봉오리는
한껏 부풀어
그 소리를 들으려는 듯
쫑끗 쫑긋
꽃 대궁 마다
긴 목을 더욱
올리고 있다
묵정밭 고랑에는
주인이 외면한
늙은 호박이
총알처럼 총총히 씨가 박혀
숨을 고르고 있다
서쪽 바다 바라보는
미루나무 끝에는
금방이라도 쏟아질 듯
검은 눈구름 걸려 있는데

긴 여행 떠날
철새 떼 울고 있구나
주머니 손 깊숙이 넣고
날 바라보는 미루나무에
쓸쓸한 미소를 보내고 있다
겨울이구나
또 다른 봄도
분명 오고 말겠지
멀리서 고깃배 한 척
그리움 물어 나르건만
마른 잎에는
저녁 고요가
내려앉는다

한참 동안

장사하는 사람들

대파가 한 단에 이천 원이요
대파가 두 단은 삼천 원이요
떨이요
이것만 팔고 들어가렵니다
노점의 주름진 할매가
신문지 위에 놓인 대파를 보며 외치고 있다

멜론이 한 개가 삼천 원이요
멜론이 두 개는 오천 원이요
떨이요
이것만 팔고 시마입니다
트럭 위에 충혈 된 아저씨가 외치고 있다

저녁 무렵
멜론은 이미 떠났것만
아직도
대파할매의 노점엔
어디선가 새로 가져온 대파가 다시 놓여있다
할매는 떨이라고 다시 외치고 있다
할매의
하얀 거짓말이
행인들의 장바구니에서 웃고 있다

병든 세월

병뚜껑을 따놓은 채
방치된 탄산수였더라

매가리 없는 시간의 소비였더라

쭈그러져 가는 푸른곰팡이 핀 귤이었더라
벌레 먹은 과일이었더라

시든 꽃이었더라
호스피스 병동의 핏기 없는 환자였더라

앗, 병든 세월아

까만 소화제

군대 시절
전라남도 해남 땅끝 마을
낡은 초등학교
무의촌 봉사활동 갔는데
교실에 줄지어 서 있는
환자들에게
약을 나눠 줬었다

책상 밑으로 떼구르르
실수로 떨어진
군대 소화제
애기 염소똥 같은
까만 싸구려 알갱이
윗니가 하나뿐인
노인은
그걸 그냥 집어삼켰다
먼지가 묻어도
주름진 거친 손으로
이미 입속으로
털어 넣어 버렸다

멀쑥해진
노인의 반짝이는
외로운 이빨 하나
히죽히죽
가슴에 남아있다
교실 밖
닭 벼슬 같은
맨드라미
붉게 울었다
아직도 황톳빛의
가난은
울고 있다

진순이와 다복이

진눈깨비 흩날리는 날
주인 없이 묶여 있는 개들을 밥 주러 간다
일본 놈들 앞잡이 이완용 땅에 벌꿀 따는
양봉 농사하는 준찬 형님이 키우는
진순이와 다복이가
산속에서 나를 기다린다
그놈들은 30미터 넘어서도
무쏘의 시동 소리만 듣고도 꼬리를 흔들며 좋아 날뛴다
무쏘가 견인되어 폐차되고 산타페라는 것으로 바뀌
그놈들을 찾은 날도 눈이 내렸었다
돼지족발뼈를 가지고 가던
눈 내리던 날
한없이 으르렁거리며
죽기 살기로 짖어대던
그 녀석들이 콧잔등까지
눈발 흩날려 떨구다가
나를 보고 반가워 두 발 허우적거린다
왜 짖어 대느냐고 혼내니 머쓱하게 차가 바뀌
나를 몰라 봤다고 미안해한다
개들의 영민함
말귀 못 알아듣는 사람보다 낫구나

눈보라 치는 산속에 돼지족발 풀어 놓고
한없이 좋아 날뛰는
진순이와 다복이 보며 미소 짓는다
오늘도 그놈들 위해
내 마음의 노래 불러보고 싶다

탑골공원

종로3가 금은방이 늘어선 탑골공원이다
삼삼오오 갈 곳 없는 노인들이 기웃거린다
마지막 남아있는 수컷을 붙들고
박카스아줌마와 농밀한 거래가 이루어지는 탑골공원이다
언제부터이던가
이곳의 태극기는 빛을 발하고
퇴역의 산고를 울음 우는 잉여인간이
풍화작용과 퇴적작용으로 밀려나는 곳으로 되어 버렸다
쓸쓸한 강바람 거칠게 불어오고
상류에서 떠밀려 내려 하류에 쌓인 모래섬이 되었다
길 건너 레코드가게에서는
무심한 듯 대니보이가 흘러나오고
갈 곳 없는 노인들은 누추한 바람맞으며 서로를 바라본다
죽음의 공동경비구역에 오늘도 서로의 안부를 묻건만
얼마 전부터 보이지 않는 노인을 기억하는 사람은 아무도
없다
서로 만나고 헤어짐을 반복할 뿐이다
불현듯
석양의 총잡이처럼 깊은 총성이 울려 퍼진다
삶과 죽음의 총알이 빈약한 지갑을 뚫고 지나간다
늙는다는 것은 총알처럼 가는 것이다

마법의 성(性)

남자들은 하이힐을
신기고
여자들은 군화를
신기고
거리를 걷는다

상상해 보라
부조화의 조화

남자들은 궁둥이를
실룩샐룩 걷게 하고
여자들은 팔 저어
직각보행 걷는다

상상해 보라
부조화의 조화

세상 한번 확
바꿔볼까

애기는 남자가
낳고
군대는 여자만
보내고

엉큼한 늑대들
키득키득
웃어 재끼고

앙큼한 여우들
호호 하하
미소 지으며

세상은 요지경
밝아지리라

10년마다 한 번씩
바꿔지는 하늘의 명령이라면

그날 위해
기다리는 것은
남자들일까
여자들일까
도시 광장에는
똬리를 튼
방울뱀 한 마리가
혓바닥을 날름거리고
붉은 립스틱
하이힐의 남정네가
담배 연기 길게 뿜어
깃발처럼 나부낀다

오, 마법의 성(性)이여

치매 수준의 건망증

딩딩 동동 댕댕댕
봉식이 핸드폰 전화다
이것저것 수다에 기분 좋은 전화다
갑자기 봉식이가 두런두런거린다
"아 시발, 핸드폰이 어디 갔는지 모르겠네
 잠깐 기다려봐"
나는 급하게 책망하며 나무란다
"야, 그렇게 중요한 것을 어찌 잃어버리냐
 덤벙대지 말고 주변에 침착하게 잘 좀 찾아봐라"
"알았어, 이따 전화할게"
봉식이는 전화를 끊고, 나도 핸드폰 폴더를 접었다

순간,
방금 통화한 핸드폰이 나를 보고 웃는다

술 한 잔

여보게 술 한 잔 들게
세상이 자네 뜻대로 되지 않는가
이 술에 모든 걸 풀어버리게
자네 무슨 좋은 일이 있구만
기분 좋은 자네 술이
오늘은 술술 잘도 넘어 가네
기쁠 때나 슬플 때나
자네와 나눈 술 한 잔이
허연 머리 긴 인생의 동반자였네
그러나 이제 아껴가며 마시세
자네나 나 아직도 마셔야 할 술이 많네
건강해야 이 술 남기지 않고
다 먹고 저승 가지 않겠는가
핏날 선 가로등 아래
비틀거리는 골목길
그대와 나의 늙어가는 웃음으로
채워보세
별빛의 눈물도
가로등의 미소도
어깨동무하며
황혼까지 가득 담아
마셔보세
진실만을 마셔보세

노란 평상

부천 오정리 영화촬영소 입구 살던 때
허물없이 욕 잘하고 소리 잘하고 구성진 삼례 할매를
알게 되었다
전라북도 삼례에서 살던 대추씨같이 야무지고 경우
바른 할매는
돈 벌러 간 아들내외 위해서 오정리에 입성하였다
셋방 사는 삼례 할매가 3대독자 보아
입이 귀까지 찢어져 행복에 겨워하던 여름날
노란 장판때기 감싸 쥔 넙데데한 평상에는 동네 사람
놀이터였다
수박도 쪼개 먹고 수제비도 해서 먹는 온 동네 놀이터
였다
늙은 느티나무는 다리에 힘주고 뿌리내려 그늘까지
만들어주니
여름 한낮 풍금 소리 없어도 천국이 따로 없었다
지나가는 영화배우 흘끔흘끔 보며
실물이 텔레비보다 더 낫다느니 못하다느니
쏴왈쏴왈 하는 것은 심심풀이 땅콩이었고
할아버지 할머니 근엄하게 부채질할 때
동네 방귀 잘 뀌는 상학이는 일부러
괄약근에 힘주어 대포 소리 같은 방귀 뀌다 혼나곤 했다

어느 날은
소리 없는 피방구 살짝 뀌다가
늘 방귀 뀌던 상학이 방구네
엉큼하고 의뭉한 태우 방구네
서로 우기다가
어르신들 핏대 올려 둘 다 쫓겨난 적 있었다
그렇게 사연 많은 평상에서 싸가지 없는 일이 벌어졌다
3대 독자 주옥같은 그 아이가
고구마 먹고 싼 노란 똥 한 덩어리 오롯이 솟아 향기로웠다
평상 주인집 며느리년 노발대발 소리치며
"어떤 놈의 새끼가 밥 먹는 평상에 똥을 싸 놨냐"
고래고래 욕지거리 날리고 있었다
눈은 쭉 찢어지고 입은 메기같이 튀어나와
욕하는 품새가 영락없는 상것이었다

참다 참다가
3대독자 할매 말하길
"야, 이년아
주먹만한 집 한 칸 있다고 유세 떨지 마라
사람 사는게 다 그렇고 그런 거지
애기가 똥을 싸고 자퍼 쌌겠냐

너는 똥 안 싸고 사냐
이 무식한 쌍년아"
큰 싸움에 평상에 둘러앉은 동네 사람들
삼례 할매의 고성에 응원을 보내는 그때에
못생긴 주인집 며느리 일성(一聲)을 질러댔다
"듣기 싫어 할망구야
당장 방 빼"
순간 정적이 감돌았고
할매는 평상 위의 똥을 손으로 훑어 단숨에 입에 넣어
버렸다
아무도 말하는 사람 없었다
여름날 느티나무 아래 평상만
모여든 동네 사람 노랗게 비추었다
노랗게 질린 모습이 덕지덕지 매달렸다

훗날 세월 흐르고 오정리에 다시 찾아갔을 때,
고구마 똥 잡수신 삼례 할매는
눈썹이 하얘지도록 장수하셨고,
미수(米壽) 행사 때 평수 넓은 아들내외 아파트에서
육자배기 걸쭉하게 불러 젖혔다
겨울철 눈 속 돌미나리처럼

도톰하고 차지게 깔깔거려 웃고 살았다
맘보 삐뚤어진 평상집 며느리는 교통사고로
일찍이 하늘의 부르심 받았고,
노란 평상 여전히 노오랗게 남겨져 있었다
노오란……

느티나무 사랑

언제나 그 자리에 있어주는 것
온전한 의지가 되어주는 것

서로에게 그늘이 되어주는 것
쉴 자리를 내어주는 것

그저 바라만 보아도 편안한 것
어머니가 자식 위해 내어놓는

마음의 모든 것
언제나 말이 없는 것

5
단시 여행

그리운 글월들
사무쳐 사위어도
내 생애 마지막 한 번만
꿈을 꾸어주오
오시지 못하더라도
차마

친구라는 것

마음이 헛헛하고 외로울 때
문득 생각나는 사람들
그저 술 한 잔 기울이며
넋두리 할 수 있는
변함없는 느티나무와 같은 것

큰다는 것

강아지 때는 다들 예쁜데
멍멍이가 되면 문제가 있어
꽃봉오리 때는 다들 예쁜데
질 때는 문제가 있어
사람도……

철없는 가을 나그네

가을밤 깊어
친구가 그립다
노래하며 춤추고
모두 모여 놀고 싶어라
그렇게 술에 취해
어깨동무도 하며
별 보며
벗들과 마른 숲에 함께
오줌도 누고 싶어라

섬진강의 봄

섬진강 댓잎 소리 들리는 오후였지
매화꽃 꽃샘추위 아직 남아 분분했지
어디서 팔색조 노래 한가로이 봄 타령하지

왕파리

꿀단지에 빠진 내 벗이여
아뿔싸
헤어나오지 못하고
온몸이 젖어 날지 못하는 왕파리

부도난 친구의 편지

삶 탓인지
친구,
후배들 아련한데
글 읽으니 몸에 서늘함이
술 한잔 해야
전화 직접 할 듯,
빨간 우체통에서
그대 글 보았네
아직도
뜨거운 편지
보내는 너를

북청 물장수

그냥 잠이 안 와 설쳤다오
새벽녘 꿈결에
슬쩍 왔다 간
그대 또 보려나
북청 물장수가
님 그리워

후회

원하지 않던 수많은 날이
세월로 쌓이고
가지 않아야 할 인연이
서러움으로 응고되어
안개에 매달리어 생(生)을 구걸 했다면
아픈 가슴앓이 무산되어
뒷모습이라도
남게 해달라고 할 것인가

보고픈 사람

그리운 글월들
사무쳐 사위어도
내 생애 마지막 한 번만
꿈을 꾸어주오
오시지 못하더라도
차마

아카시아

마음이 헛헛하고
오랜 외로움에도
잘 견딘 한 그루
아카시아처럼
그저 바람에 향기 내주며
사랑하리

소유

아침 햇살 안고
오늘도 열심히 일하는 그대여
다 갖지 않아도
넉넉한 마음이 넘치는
그대 모든 게 다 내 것인 것을

사랑할 때면

그대로 인해 나의 눈이 빛나고
심장도 뛰고 내 몸의 세포 한 조각까지
남김없이 그대를 향한다

그리울 때면

밤새 그대가 그리워
벙어리처럼
숨죽여 울었다
사랑은
사무쳐 오는 그리움으로
'당신을 향해 미치게 하는 것'

입대

내 눈 안의 가냘픔 때문에
판단을 흐리지 마라
인연의 늪에서 풀어라
무소의 뿔처럼 혼자 가게 하라
논산 훈련소

재회

안타까운 끝없는 이별과 만남
하루살이 같은 갈급한 헤어짐과 재회
얼마나 소중하고 그립던가

행복과 고독

그대와 함께라면
행복이 넘쳐나고
뒤돌아서면 그리움이 너무 커
웃음마저 밀려가고 고독해져

한가위 보름달

속절없이 환하게 웃고 있구나
감히 고개 들어 널 볼 수 없구나
온몸이 멍든 채 그리움이 된 너를

로또복권

당첨만 된다면
쥐 소금 먹듯이
쓸 거야
다람쥐 알밤 먹듯이

살다보니

있는 것들이 더하더라
배운 것들이 더하더라
없는 사람들이 정(情)이 있더라
많이 배운 것들이
못 배운 사람들을 돌라 먹더라

별리 후(別離 後)

저리도 고운
봄빛이
날 고문하는구나
울지도
웃지도
못하게
배꽃 생각에
하루해가
짧다

인간 근원의 아픔을 응시하는 애절한 눈빛

이영철(소설가, 한국문인협회 이사)

문학강좌에 가서 강의를 시작하기 전에 내가 던지는 질문이 있다.

"시란 무엇일까요?"

문학을 지망하는 이들에게 어찌 들으면 참 바보(?) 같은 질문 같기도 하지만 어찌 생각하면 가장 근원적이고 중요한 질문일 수 있다. 여러 가지 답이 나온다.

'시(詩)'란 '언(言)'과 '사(寺)'가 합쳐진 합성어이다. 다시 말해 '언어의 사원'이란 말이 된다. 사원이란 절을 의미하는데, 절은 수행을 하는 곳이다. 그렇다면 '시인(詩人)'이란 '언어를 통해 수행하는 사람'인 것이다. 글을 통한 수행의 길을 걷는 사람들이 시인인 것이다.

정진권 시인의 시집 『두 할머니의 싸움』을 읽으며 갑자기

'시인'이란 말이 떠올랐다. 그는 시인이란 말이 참 잘 어울리는 사람이다. 세상에는 크게 보면 두 가지의 길을 걷는 부류가 있다. 돈과 명예를 탐하는 부류와 인간의 길을 걷는 자이다. 정진권 시인은 후자에 속한다.

그의 언어에는 인간에 대한 그리움과 눈물과 사랑이 있다.
흔히 난해하고 뜻을 모를 이미지가 난무하는 시가 좋은 시라고 착각하는 시대적 시의 변천사에서 그는 '서정시의 정수'를 꿋꿋하고 묵묵히 걸어가고 있다, 빠르지 않은 소걸음으로.

봄날 오후이던가/경기도 외곽 포도밭에/허리 굽은 노파가/쑥을 캐고 있다

산행 가는 길 묻다가/나는 소스라쳤다/돌아가신 울 어매를/빼닮았다

거북등 같은 손마디 보며/이것저것 얘기 나누다가/주머니에 구겨진 지전 몇 장/손에 쥐어주고 일어선다

할매의 손사래는 미소 짓는데/봄안개 살며시 피어오른다/냉이 꽃 하르르르/바람에 날린다/노인은 아직도/손을 흔들고 있다

－「어머니」 전문

이 시를 읽으며 누가 어렵다고 할 것이며, 시의 이미지가 난해하다고 할 것인가. 가장 보편적이고 쉬운 언어로 '어머니'를 그렸지만 손에 잡힐 듯이 우리의 어머니가 그려진다. 이 시를 읽으며 가슴 한쪽이 먹먹해졌다. '……노인은 아직도 손을 흔들고 있다'라는 마지막 행에서는 콧날이 시큰해지더니 기어이 눈물 한 방울이 또르르 굴러떨어졌다.

정진권 시인은 응시(凝視)의 눈빛으로 자신의 내면을 들여다보고 지난날의 회한과 참회를 시로 승화시키고 있다. 그런 측면에서 「어머니」란 시가 시사하는 바가 크다. 그의 시를 읽다 보면 사람에 대한 그리움이 곳곳에서 묻어난다.

우리 고모 면사무소 출생신고 때/면 직원 뭐라 지을까
어눌하게 재촉하니/울 할아버지 그냥 "쪼깐으니깐 쪼깐이
로 지으라"/성의 없이 대답해 그만 '정쫀간'이가 되었단다

– 「출생 신고」 중에서

독자들이 시를 읽을 때, 시인이 시를 쓰면서 겪었을 깊은 고뇌와 그리움의 공감대를 형성할 수 있다면, 좋은 시의 필수 조건인 대중적 보편성을 함께했다면, 그 시인은 분명 행복한 시인일 것이다. 그런 면에서 볼 때, 정진권 시인은 성공한 시인이다.

진눈깨비 날리던 어느 날 오후/두 할머니가 용두동 골목
에서 처절한 악다구니 싸움을 한다/폐지(廢紙)를 사이에 두
고 조금도 양보 없이/온갖 욕지거리 쌍말이 오고 간다

　　　　　　　－「두 할머니의 싸움」 전문

　그의 시에는 인간 근원의 아픔을 응시하는 애절한 눈빛이
있다. 이 두 할머니의 현실적 아픔은 누구도 쉽게 해결해 줄
수 없다. 하지만 그는 두 할머니를 통해 현실의 아픔을 아픔만
으로 보지 않고 '치열한 삶의 현장' 한 모습을 있는 그대로 담
담하게 그려내고 있다. 그것을 바라보며 느끼는 아픔은 시인
의 몫이 아니라 철저하게 독자의 몫이다. 우리가 온실에서 자
란 예쁜 꽃이 아닌 보잘것없는 야생화를 보며 느끼는 '아름
다움'을 시인의 앵글을 통해 두 할머니를 바라볼 수 있는 것
이다.

　정진권 시인은 그의 시에서 알 수 있듯이 아픔과 그리움과
고뇌를 객관적 앵글로 승화시키는 특별한 시인의 시선이 있
다. 그러므로 그의 다음 작품이 기대되는 것이다. 시가 점차
어려워져만 가는, 그래서 점점 독자들을 잃어가는 시단의 풍
조 속에서 그는 그만의 목소리가 있다. 비록 꾀꼬리나 종달이
같은 미성(美聲)의 울음은 아니더라도 말이다.

짧은 생을 살다가는 삶의 길목에서 한 편의 시를 쓰기 위해 처절한 자기 내면의 몸부림에 가까운 응시를 하는 고독한 시인을 만날 수 있다는 것도 분명 행복한 일일 것이다.